¡Cuidado!

por Diana G. Gallagher
ilustrado por Brann Garvey

STONE ARCH BOOKS
a capstone imprint

Publica la serie Claudia Cristina Cortez por Stone Arch Books
una imprenta de Capstone,
1710 Roe Crest Drive
North Mankato, Minnesota 56003
www.capstonepub.com

Library of Congress Cataloging-in-Publication Data
ISBN 978-1-4965-8546-2 (hardcover)
ISBN 978-1-4965-8584-4 (paperback)
ISBN 978-1-4965-8565-3 (ebook pdf)

Resumen:
Jenny Pinski es la peor matona de la escuela secundaria Pine Tree. Claudia y Jenny
deben hacer un proyecto juntas. Algunas de las ideas de Jenny son muy raras,
pero Claudia tiene miedo de estar en desacuerdo. ¿Será un fracaso el proyecto?
¿O descubrirá Claudia que esta matona no es solo eso y tiene algo más que demostrar?

Director creativo: Heather Kindseth
Diseñadora: Carla Zetina-Yglesias
Translated into the Spanish language by Aparicio Publishing

Fotografías gentileza de:
Delaney Photography, cover

Printed and bound in the USA.
PA70

ÍNDICE

Personajes

CLAUDIA
Esta soy yo. Tengo trece años y estoy en séptimo grado, en la escuela secundaria Pine Tree. Vivo con mi mamá, mi papá y mi hermano Jimmy. Tengo un gato, Ping-Ping. Me gusta la música, el béisbol y pasar tiempo con mis amigos.

MÓNICA es mi mejor amiga. Nos conocimos cuando éramos muy pequeñas y desde entonces somos grandes amigas. ¡No sé qué haría sin ella! A Mónica le encantan los caballos. De hecho, cuando sea grande quiere participar en las Olimpíadas como jinete.

BECCA es una amiga muy cercana. Vive al lado de Mónica. Becca es muy pero muy inteligente. Saca buenas notas, y también es muy buena en el arte.

ADAM y yo nos conocimos en tercer grado. Ahora que somos adolescentes no pasamos tanto tiempo juntos como cuando éramos niños, pero siempre puedo contar con él cuando lo necesito. (Además, ¡es la única persona que quiere hablar de béisbol conmigo!).

TOMMY es el payaso de la clase. A veces es muy gracioso, pero otras veces es un pesado. A Becca le gusta mucho… pero yo me lo callo.

Creo que **PETER** podría ser la persona más inteligente que conozco. En serio. ¡Es más inteligente que los maestros! Además, es amigo mío, lo que es una gran suerte pues a veces me ayuda con la tarea.

En cada escuela hay un matón o matona, y en la nuestra tenemos a **JENNY**. Ella es la más alta de la clase, y también la más odiosa. Siempre amenaza con pisotear a los demás. Hasta ahora nadie la ha visto hacer eso, ¡pero eso no quiere decir que no lo haya hecho!

ANNA es la chica más popular de la escuela. Todos quieren ser su amigo. Yo creo que es rara, porque puede ser muy pero muy antipática. Yo generalmente ni me le acerco.

Personajes

CARLY es la mejor amiga de Anna. Siempre trata de actuar exactamente igual que ella. Hasta usa la misma ropa. Conmigo nunca ha sido antipática, ¡pero tampoco ha sido simpática!

NICK es mi vecinito pesado de siete años. Muchas veces tengo que servirle de niñera. Le encanta hacerme pasar malos ratos. (Bueno, NO SIEMPRE es tan malo… solo casi siempre).

El **SR. MONROE** es el maestro de ciencias. También se le conoce como ¡el rey de los castigos de la escuela secundaria Pine Tree! Si te descubre haciendo algo incorrecto, ten la seguridad de que te pondrá de castigo.

MAMÁ siempre me ayuda con mis problemas. Siempre puedo contar con ella.

PAPÁ es un poco gruñón, pero realmente es un buen papá. ¡Y a veces me da los mejores consejos!

JIMMY es mi hermano mayor. No me meto con él y él no se mete conmigo.

CAPÍTULO 1

EL PROYECTO DE CIENCIAS

Yo quería llegar a mi pupitre, pero el pasillo del salón de clase estaba bloqueado por **un par de piernas**.

Carly Madison estaba sentada sobre un pupitre. Sus pies descansaban sobre la silla en la fila de al lado. Estaba charlando con Anna Dunlap.

Anna Dunlap era la mejor amiga de Carly Madison. Era además la **que reinaba supremamente** en el séptimo grado de la escuela secundaria Pine Tree.

P: ¿Por qué?

R: Anna es popular.

P: ¿Por qué es Anna popular?

R: No tengo idea.

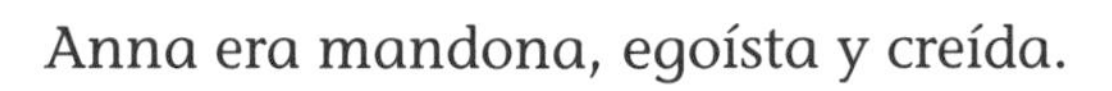

Anna era mandona, egoísta y creída.

Pero 13 años + popular = poder adolescente

Casi nadie se le enfrentaba a Anna. Ni pensarlo. Pero mi **abuela** siempre dice que toda regla tiene su excepción.

Había dos excepciones a la regla Anna: Jenny Pinski **yo** y.

Jenny Pinski era la matona de la clase. Ella PISOTEABA a los que le caían mal. O por lo menos decía que lo iba a hacer.

Yo nunca pisoteé a nadie. Simplemente no me importaba si Anna pensaba que yo era una pobre nada insignificante. A **mí me daba igual caerle bien a Anna o no.** Mis amigos me querían y no me ignoraban.

—Con permiso, Carly —le dije.

Carly no me miró. Siguió hablando con Anna.

—¿Viste a ese chico jugador de videojuegos que estuvo anoche en "Tendencias adolescentes"?—preguntó Carly.

—**¡Qué idiota!** —opinó Anna levantando los ojos—. ¿A quién le importa que sea el mejor jugador de *Caminos mágicos*? ¡Si usa corbata!

—Mi pupitre está en esta fila —dije—. ¿Puedo pasar?

—Están filmando una película de *Caminos mágicos*

—le dijo Carly a Anna. No le importaba que yo estuviera esperando. Me rendí y di la vuelta.

—Claudia es muy MALEDUCADA —le susurró Anna a Carly.

En verdad, Carly y Anna eran las que habían sido maleducadas, pero **yo nunca me peleo por estupideces.** A veces es mejor seguir por otro camino.

Especialmente en la clase del **Sr. Monroe**.

Él tiene el récord más alto de castigos en un día: **22**. Yo no quería correr el riesgo de iniciar una pelea y terminar en castigo.

Me fui en dirección contraria y agarré el otro pasillo para llegar a mi escritorio, que estaba al lado del de **Becca**, una de mis mejores amigas.

—Ajá —murmuró Becca —. Esto se pone interesante.

—¿Qué cosa? —pregunté. Me detuve y miré hacia atrás.

Jenny venía caminando por el pasillo bloqueado.

Carly no vio a Jenny. No de inmediato. Ella siguió charlando.

—Mamá me llevó ayer al centro comercial —dijo Carly.

—¿Compraste ropa? —preguntó Anna.

—Encontré un par de jeans **que me encantan** —respondió Carly—. Pero tengo que esperar hasta mi cumpleaños.

Anna se quedó boquiabierta.

—¡Qué horrible! —dijo.

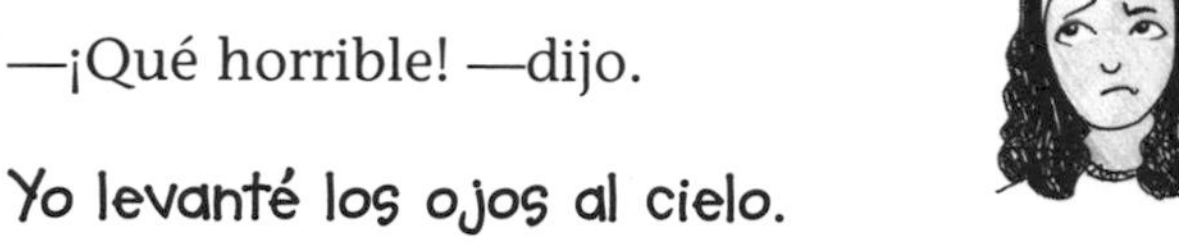

Yo levanté los ojos al cielo.

—Ya sé, pero nada más faltan dos semanas —dijo Carly. Entonces vio a Jenny—. Ah, hola, Jenny —dijo, nerviosa.

—Quítate de en medio —dijo Jenny.

Carly tragó saliva, y bajó las piernas para que Jenny pasara.

—Carly es una **FLOJA**, ¿no? — me susurró Becca.

—¡Claro, Becca! —le susurré yo—. Anna y Carly no pueden dejarse pisotear. Se les ensuciaría la ropa. ¡Y se despeinarían!

Yo estaba haciéndome la sarcástica. Anna y Carly eran esnobs, pero no eran tontas. Solo los tontos hacen molestar a Jenny Pinski. Todo el mundo sabía eso. Había que quitarse del camino de Jenny Pinski.

O te podía pasar lo peor.

Yo conocía a Jenny desde kindergarten.
Ya en esa época era una matona.

Cosas que Jenny pisoteó el primer día de kindergarten

1. Vasos
2. Juguetes para armar
3. Galletitas

Nadie había visto que Jenny pisoteara a alguien, pero eso no quería decir que no lo hubiera hecho. La persona pisoteada nunca lo habría contado. Le habría dado mucha vergüenza.

Yo nunca hablaba con Jenny a menos que fuera absolutamente necesario. Se enojaba por cualquier cosa.

Nunca se sabía si lo que uno dijera la haría enojar. Por ejemplo:

1. Tienes el zapato desatado.
2. Te cambio mi banana por una manzana.
3. ¿Tenemos tarea de matemáticas?

Como dije, todo el mundo sabía que no hay que ponerse en el camino de Jenny Pinski. A menos que quisieras que te pisotearan.

Cuando empezó la clase, el Sr. Monroe anunció el gran proyecto de ciencias.

Dijo que el proyecto iba a contar para el 25% de la nota del semestre.

Dividió la clase en parejas.

1. Mónica & Becca
2. Adam & Tommy
3. Peter & Sylvia
4. Anna & Carly

5. Claudia & Jenny

EL PROBLEMA PINSKI

Alguien tenía que ser el compañero de Jenny para el proyecto.

¿Pero por qué tenía que ser yo?

Una sola palabra podía describir cómo me sentía:

¡Condenada!

Arranqué una hoja del cuaderno y le escribí una nota a Becca:

¿QUÉ VOY A HACER?

Le iba a pasar la nota a Becca, pero el **Sr. Monroe** tenía un **radar incorporado para detectar el mal comportamiento**. Me vio doblando la hoja. Levantó las cejas y me echó una mirada. Luego miró su cuaderno con las hojas de castigo que estaba en su escritorio.

Tragué saliva.

Para mi familia, quedarse castigado en la escuela era un crimen. A Jimmy lo castigaron una vez cuando estaba en quinto grado y en casa lo dejaron castigado por una semana entera.

Si me castigaban en la escuela, mi papá:

1. Me castigaría en casa

(hasta que empezara la universidad)

2. No me dejaría ver televisión

(hasta que terminara la temporada de "Ídolo Musical")

3. No me dirigiría la palabra

(hasta que yo le suplicara perdón y le prometiera que nunca jamás volvería a quedar castigada)

Usé la nota como un señalador de libros.

Después de ciencias tenía historia. Becca y Mónica también estaban en esa clase.

—Chicas, después de las clases tienen que venir a casa —les dije—. Juntémonos en la casita del árbol. Tenemos que hablar sobre mi **problema Jenny Pinski.**

* * *

Después de las clases, Mónica y Becca vinieron a casa. Trepamos a la casita del árbol para tener privacidad.

—Tener a Jenny Pinski de compañera para un proyecto es **lo peor que te puede pasar** —dije.

—¿Qué le pasa a la **Jenny Pipí**? —preguntó una voz conocida. Miré por la puerta de la casita. Nick, mi vecinito de siete años, estaba sentado en la escalera de mano. Como de costumbre, **no había sido invitado**; simplemente se colaba en la casita.

—Es **Pinski**, no **Pipí** —le dije—. ¿Y tú qué haces aquí?

—Tu mamá me dijo que podía jugar afuera —me contestó.

Cuando la mamá de Nick estaba ocupada, mi mamá lo cuidaba. Y si mamá estaba ocupada, me decía que lo cuidara yo. **Yo pensaba que eso no era justo**, pero por lo menos a veces me pagaba dos dólares por hora.

—Vete, Nick —le ordené—. Estamos ocupadas.

Nick ni respondió ni se movió. Yo actué como Carly y lo ignoré. Después me di cuenta de que Nick Wright y Jenny Pinski tenían mucho en común.

Ella es la peor matona de la escuela secundaria Pine Tree.

Él es el peor maleducado del vecindario.

A los dos les gusta desquitarse.

—A lo mejor no será tan malo trabajar con Jenny —dijo **Becca**.

Por lo general, yo podía ver **el lado bueno** de las cosas, sin importar lo malo que parecieran los problemas. Pero esta vez no fue así.

—Será horrible —le dije—. Y yo quiero lograr buenas notas.

—Todo el mundo quiere lograr buenas notas —agregó Mónica.

—¿Y si Jenny no quiere? —pregunté—. **¿Y si detesta mis ideas?** ¿Qué tal si ella quisiera hacer algo con plantas?

Becca se quedó boquiabierta.

—¡Espero que no! —dijo.

—¡Yo tampoco! —coincidió **Mónica**—. Nosotras vamos a hacer un proyecto con plantas.

—Quiero hacer algo que no haya hecho nadie —les dije —, como **entrenar a un ratón para que haga girar una rueda y producir energía para encender una bombilla.**

— ¡Eso suena bien! —exclamó Nick.

—Ya se ha hecho —dijo Mónica.

—El proyecto **ratón-bombilla** sacó una A+ el año pasado —explicó Becca.

—Tu mayor problema no es elegir el proyecto —señaló Mónica.

—Ah, ¿no? —pregunté nerviosamente.

—No —dijo Mónica, negando con la cabeza—. El problema es trabajar con Jenny por dos semanas.

Becca asintió con la cabeza.

—Es seguro que vas a decir o hacer algo que va a enojar a Jenny —me dijo—. De eso no hay duda.

Probablemente tenían razón. Suspiré.

—Seguro que Jenny me va a pisotear —dije con tristeza.

—¡Pisotéala primero! —dijo Nick—. Así ella no te podrá pisotear a ti.

—Eso no va a funcionar con Jenny —dijo Becca.

—Es demasiado MALA —agregó Mónica.

Nick se encogió de hombros.

—Funcionó con Caroline O'Brien —dijo.

—¿Quién es Caroline O'Brien? —pregunté.

—Está en mi clase —me contestó—. Yo siempre le jalaba el cabello y la llamaba "aguarrás".

—**Eso no está bien**—dijo Mónica.

Nick volvió a encogerse de hombros.

—Ya no hago eso —dijo.

—¿Por qué? —le pregunté.

—Caroline me dio un empujón —explicó—. Caí en un **CHARCO**, y todos se rieron de mí. **¡Fue terrible!**

¡Bravo por Caroline! Ella se defendió y Nick dejó de molestarla.

Pero pegarle a Jenny no me ayudaría. Eso me metería en problemas y ella se pondría **más furiosa**.

CAPÍTULO 3

PELIGROS DEL PROYECTO

Mi **papá** dice que soñar es como limpiar un armario. Tiramos cosas que ya no necesitamos. Guardamos los recuerdos lindos para conservarlos. Y tratamos de esconder **lo malo**.

Y lo malo se cuela en nuestras PESADILLAS.

Cuando mi mamá tenía mi edad, ella criaba peces tropicales. Mi mamá los adoraba, pero los peces no viven mucho tiempo. A ella no le gustaba encontrar peces muertos flotando en la pecera, así que decidió regalarle la pecera a una amiga.

El sueño de los peces olvidados de mamá

1. Mamá encuentra peceras guardadas detrás de las paredes.
2. Habían estado allí por años.
3. Las plantas se convirtieron en junglas submarinas.
4. Todos los peces están bien.

El sueño de la pecera = culpabilidad por haber regalado los peces

Mi hermano mayor prefería su computadora antes que cualquier otra cosa en el mundo. Él participaba en juegos en línea muy complicados.

Como las computadoras se traban con frecuencia, él tenía discos duros externos y programas antivirus. Aun así, **Jimmy** siempre tenía miedo de perder su información, incluso mientras dormía.

Los tecno-terrores nocturnos de Jimmy

1. Un virus monstruoso se traga entera su computadora.
2. Un virus payaso destruye todos sus archivos y se ríe.
3. Un virus con dientes gigantes se come su USB.

Pesadillas con computadoras = algo puede salir mal

Yo tengo pensadillas con Jenny Pinski. Empecé a tenerlas en kindergarten. Una vez quité un juguete del casillero de Jenny. Ella no estaba allí, pero yo estaba segura de que me había visto.

Mi 1° pesadilla Pinski

1. Jenny pisotea todos mis juguetes y los rompe.
2. Me escondo debajo de la frazada para que no me pisotee.
3. Ella me arranca la frazada.
4. **¡Me despierto gritando!**

En cuarto grado, jugando a esquivar la pelota, le di un pelotazo sin querer, porque Jenny no estaba atenta. Tuvo que salir del juego.

Mi 2° pesadilla Pinski

1. Soy una pelota.
2. Jenny me arroja contra la pared una y otra vez.
3. **¡Me despierto gritando!**

Ahora yo era su compañera en un proyecto de ciencias. Algo malo tenía que ocurrir. Esa noche soñé con eso.

Mi 3° (y seguramente no la última) pesadilla Pinski

1. Jenny arruina nuestro proyecto de ciencias.

1. Pincha un globo enorme.
2. Cien sapos caen sobre mi cabeza.
3. Sapos que caen del cielo = ¡Te van a pisotear y vas a quedar llena de baba!
4. **¡Me despierto gritando!**

Mi 3° pesadilla Pinski: 2a parte

1. Jenny sumerge nuestro reporte en pintura morada.
1. Le dice al Sr. Monroe que yo lo hice.
2. Él lanza un rayo con el dedo.
3. Me dispara una F púrpura en la frente.
4. **¡Me despierto gritando "No"!**

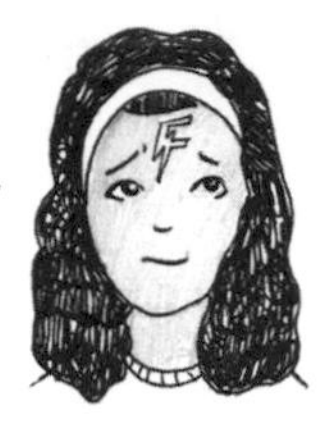

Pesadillas con Jenny Pinski = ¡Colapso nervioso en 7° grado!

* * *

Al día siguiente, después de la escuela, Jenny vino a mi casa y yo me puse **totalmente enloquecida**. No llamó a la puerta con los nudillos. Simplemente le dio un puñetazo. Cuando abrí, entró directamente.

—Será mejor que no nos lleve mucho tiempo —dijo—. Me quiero ir a casa.

¡Para mí, cinco segundos ya era mucho!

—No hay por qué —le dije—. Solo tenemos que decidir el proyecto.

—¿Tú qué quieres? —preguntó, tirándose en el sofá.

—Quiero **lograr una A** —le dije honestamente.

—Yo no me quiero **ABURRIR** —dijo ella—. ¿Tienes algunas ideas?

Tenía varias, pero no sabía si a Jenny le iban a resultar aburridas.

—Podríamos **probar pilas** para ver qué marca dura más —sugerí.

—¿Y por qué eso? —me preguntó.

—Porque las pilas suelen dejar de funcionar en los peores momentos —le expliqué nerviosa—. Como **cuando se corta la luz** y necesitas una linterna para ir al baño, ¿ves?

Jenny me miró.

—Y cambiarle las pilas a una linterna en la oscuridad es difícil —agregué.

—**¡QUÉ ABURRIDO!** —dijo. Se cruzó de brazos—. ¿Qué más?

Solté las palabras de golpe antes de poder detenerme.

—Bueno, otra idea que tengo es probar los detergentes para ropa.

Jenny frunció el ceño. **Eso era una mala señal.**

Me apresuré a explicarle.

—Mi mamá quiere saber qué marca quita mejor las manchas del césped —dije—. Mi hermano **arruina** todas sus camisetas cada vez que corta el césped. Y no hay forma de que queden limpias.

—Yo no lavo ropa —dijo Jenny—. Quiero que nuestro proyecto sea sobre algo **INTERESANTE**.

—Podríamos construir un artilugio que convierta el agua salada en agua dulce —dije—. Lo podemos hacer con cosas que hay en la casa. Leí un artículo sobre eso en una revista.

—¿Y qué tiene eso de interesante? —preguntó—. ¿A quién rayos le importa convertir el agua salada en agua dulce?

Pensé con rapidez.

—¿Qué pasaría si te quedaras **atrapada en una isla desierta**? —le pregunté—. Eso te podría ayudar. El agua salada no se puede beber, así que si no la puedes convertir en agua dulce, ¡te morirías!

—Si alguna vez me quedo atrapada en una isla desierta, bebería **agua embotellada** —respondió.

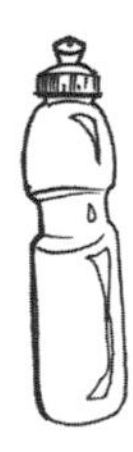

—En las islas desiertas no hay agua embotellada —le retruqué.

—Tampoco hay **cosas de la casa** —señaló Jenny.

Tenía razón. Me di por vencida.

—¿Tienes alguna idea mejor? —le pregunté.

Jenny entrecerró los ojos. **Parecía. Furiosa.**

—Puede que sí —me dijo.

—Claro —contesté rápidamente.

Jenny se quedó pensando por un minuto. Luego me miró.

—Inventemos un **PLANETA** —sugirió.

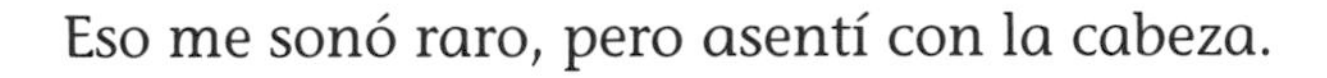

Eso me sonó raro, pero asentí con la cabeza.

—Está bien.

Cualquier cosa que mantuviera a Jenny **entusiasmada y no aburrida** me parecía bien.

—Podemos hacer un modelo y dioramas para acompañar nuestro reporte —dijo Jenny—. Tenemos que decidir qué tipo de planeta será. Luego podemos inventar plantas y animales que puedan vivir allí. Al **Sr. Monroe le va a encantar**. Estoy segura.

—Me parece una buena idea —dije.

—Me alegra que pienses así —dijo Jenny—, porque ese es el proyecto que vamos a hacer.

Cuando Jenny se fue me pregunté: ¿**De verdad** me había gustado la idea de Jenny? ¿O estaba **fingiendo** para que no me **PISOTEARA**?

No podía asegurarlo.

MESA PARA DOS

El lunes, **Jenny** y yo nos sentamos juntas a almorzar. Teníamos que escribir un resumen del proyecto.

—Hacer un reporte sobre hacer un reporte es ESTÚPIDO —se quejó.

—El Sr. Monroe tiene que autorizar todos los proyectos —le dije.

Algunos proyectos anteriores de la escuela secundaria Pine Tree no habían funcionado.

Niños inteligentes hacen cosas tontas

o

Cómo arruinar un buen proyecto de ciencias

1. Hacer que el laboratorio huela mal.
2. Rociar por todos lados con aerosoles de olor feo.
3. Soltar animales en el gimnasio.

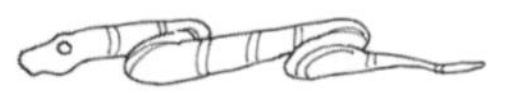

Jimmy, mi hermano, usó su mascota **Stanley**, una **serpiente**, para su proyecto de séptimo grado. Una mañana, Stanley había desaparecido. En el tanque del laboratorio de ciencias solo había quedado su piel.

Finalmente, el señor de la limpieza encontró la serpiente **sana y salva** en una caja grande de lápices. ¡Pero luego nadie usó sus casilleros por una semana!

No le conté nada a Jenny sobre Stanley. No quería darle más ideas. A lo mejor le daba por crear "**El proyecto de la criatura planetaria que pisoteó al maestro de ciencias**".

—¿Quieres tomar notas? —le pregunté.

—Hazlo tú —dijo—. Y también puedes escribir el resumen.

A mí eso me venía bien. Me gustaba escribir y no quería discutir con Jenny. Además, quería lograr una A.

Me di vuelta para sacar mi cuaderno. Becca y Mónica pasaban caminando con sus bandejas de almuerzo.

—¡Hola! ¿Quieren sentarse con nosotras? —les pregunté—. Tenemos **mucho lugar** —. Nadie más se había sentado en nuestra mesa.

—Bueno, eh... —Mónica miró a Becca—, es que tenemos que hablar del resumen para nuestro proyecto.

—¡Es lo que estamos haciendo nosotras! —exclamé.

—Es que Tommy y Adam nos están **esperando** —dijo Becca—. ¡Hasta luego!

Generalmente me siento con mis amigos en nuestra mesa de siempre. **No me gustaba quedarme fuera**, pero Jenny y yo teníamos cosas que hacer.

—Creo que este proyecto será divertido —dije—. Será como hacer un **planeta extraterrestre** para una película.

—Exactamente —dijo Jenny—. Creo que **Mundo raro** debería tener formas de vida basadas en la silicona.

—¿Qué es eso? —pregunté.

—Animales y plantas que están hechos de piedras y cristales —explicó Jenny—. Podríamos escribir el resumen como si fuéramos **EXPLORADORAS**. ¡Aterrizamos en un cohete y salimos de recorrido!

Yo sabía que el Sr. Monroe no nos dejaría hacer eso. Él quería ciencia verdadera. Mi deber era eliminar la idea de Jenny sin que se enojara.

—**Cuanto más fácil lo hagamos, mejor** —le dije—. Como tu idea original. En vez de cohetes, el proyecto debería ser sobre piedras del Mundo raro. Al Sr. Monroe le encantaría.

Jenny frunció el ceño.

—¿Quieres decir que no podemos tener monstruos en forma de piedra? —preguntó.

—Probablemente no —dije. Agregué enseguida: —Pero podemos tener **personas de piedra y animales de piedra**.

—¡Y piedras mascota! —dijo Jenny, y se echó a reír.

Nunca había visto reír a Jenny. Me sorprendió tanto que me atraganté con el sándwich. Cuando dejé de toser, dije:

—Me gustan las piedras mascota.

—No lo inventé yo —dijo Jenny—. Las vi en internet. La gente las usaba.

Pestañeé.

—¿Cuándo se usaban las piedras mascota? —pregunté.

—En la década de 1970 —dijo—. Un señor les pintaba ojos a las piedras, las ponía en cajitas y las vendía como mascotas. **Hizo un montón de dinero**. Supongo que luego la gente se dio cuenta de que podían crear sus propias piedras mascota.

—Nosotras también podemos hacerlo —dije—. Podemos hacer un diorama con una **familia de piedras** y una piedra mascota.

—Eso suena bien —dijo Jenny. Y alzó la mano para chocar los cinco.

Cuando sonó el timbre, yo ya tenía suficientes notas para escribir un buen resumen. **La fecha de entrega era el día siguiente.**

Jenny y yo salimos de la cafetería juntas. Anna y Carly estaban en el pasillo.

—¡De prisa, Sylvia! —gritó Anna—. ¡Llegaremos **TARDE**!

—¡Un segundo! —respondió Sylvia.

Sylvia era la tortuga de la escuela. **No era haragana.** Simplemente nunca estaba apurada. Con cuidado, limpió los restos en su bandeja y los arrojó a la basura.

—¡No voy a esperar a Sylvia! —dijo Jenny, y se lanzó hacia la puerta—. ¡**Ahí voy**!

Anna y Carly se echaron atrás para que Jenny y yo pudiéramos salir.

Algo bueno de estar con Jenny: cuando estás con ella, todos se apartan de tu camino inmediatamente.

Becca y Mónica estaban hablando con Tommy y Adam cerca del bebedero. Siempre íbamos juntos a la clase de inglés. Pensé que me estaban esperando. De repente, se giraron y ESCAPARON por el pasillo.

Después, Peter pasó apurado al lado mío. Siempre me sonríe y me saluda, pero esta vez no lo hizo. **Siguió su camino**, aunque yo sí le había sonreído.

Yo quería creer que mis amigos no me habían visto.

Pero sabía que sí lo habían hecho.

Me habían visto con Jenny.

CAPÍTULO 5

EVITANDO A JENNY

Después del último timbre fui a mi casillero. Mónica y Becca no estaban allí. Generalmente nos encontramos en ese sitio cuando termina el día escolar. **Y nunca se retrasaban.**

En eso llegó Adam.

—¿Qué tal, Claudia? —preguntó.

—Estoy esperando a Becca y a Mónica —dije—. ¿Las has visto?

—No desde la última clase que tomamos juntos —contestó.

Estaban atrasadas, y **yo estaba preocupada.**

—Tengo práctica. Llámame luego —dijo Adam de repente. **Se dio vuelta y se fue a la carrera.**

Dos segundos más tarde, alguien me dio una palmada en el hombro.

Pensé que era Becca o Mónica. Me di vuelta y vi a Jenny, y **SE ME CORTÓ LA RESPIRACIÓN**.

—¿Qué te pasa? —me preguntó.

—Nada —dije, negando con la cabeza—. No esperaba que alguien me sorprendiera por la espalda. **No quiero decir que lo hiciste adrede.** Para nada. Es que me sorprendiste. —Cuando me pongo nerviosa hablo demasiado—. Puedes sorprenderme cuando quieras.

Jenny se quedó mirándome por un segundo. A mí me pareció que fue una hora. Me empezaron a temblar las rodillas.

—Este es mi **número de teléfono** —dijo, dándome un papel doblado—. Llámame cuando termines el resumen. Quiero saber qué dice.

555-2559

Tomé el papel.

—¿Puedo llamarte si necesito **AYUDA**? —pregunté nerviosa.

—Sí —dijo—, pero no me llames cuando esté viendo "Código Postal Zombie". Es mi programa favorito.

Esperé mientras se Jenny se alejaba. En eso, Larry Kyle salió apurado de un salón de clase. Cuando vio a Jenny, se aplastó contra la pared y no se movió hasta que ella había desaparecido.

No lo culpé por quitarse del camino de Jenny. Ella era la **chica más alta de la escuela secundaria Pine Tree**. Era más alta que la mayoría de los chicos. Y como Larry era el chico más bajo, Jenny lo superaba por varios centímetros.

Además, ella es la **matona de la escuela**.

Por eso fue que me puse nerviosa cuando me agarró de sorpresa.

Pero eso no era justo. Jenny había sido mi compañera de proyecto por varios días. No había hecho nada malo. Solo quería darme su número de teléfono para que trabajáramos en el proyecto.

Me sentí como una estúpida.

Mis amigas me esperaban afuera. Cuando salí, Becca me saludó con la mano y sonrió.

—¡Acá, Claudia! —me llamó Mónica.

—¿Dónde estaban? —les pregunté mientras caminábamos por la acera—. Las estaba esperando en mi casillero.

—Es que hoy no tuve que pasar por mi casillero —dijo Becca.

—Ni yo —dijo Mónica.

Hecho: Mónica, Becca y yo nos encontramos en los casilleros todos los días, aunque no tengamos que guardar ningún libro.

Detector de mentiras de Claudia: Mentira.

Conclusión: Algo andaba mal.

—No tenemos tarea de inglés —dije—. La Sra. Sánchez no nos dio nada para leer. Podrían haber dejado el libro de inglés en el casillero.

Becca se ruborizó.

—A lo mejor adelanto un poco de lectura —dijo Mónica.

Hecho: Para divertirse, Mónica lee libros sobre caballos, no cuentos de los libros de texto.

Detector de mentiras de Claudia:
Podría ser cierto, pero probablemente no lo sea.

Conclusión: Mónica no quería explicar por qué ella y Becca me estaban esperando afuera.

Mónica no quiso dar explicaciones. Yo sabía por qué me habían dejado de lado. Eso ya había ocurrido tres veces.

—¿Tenían miedo de que estuviera con Jenny? —pregunté.

Becca miró al suelo.

—¿Qué quieres decir? —preguntó Mónica.

—No se sentaron conmigo en el almuerzo —dije—. Y yo estaba con Jenny. Después, se fueron al quinto periodo sin esperarnos.

Becca se encogió de hombros. No quería responder.

Mónica confesó con **sentimiento de culpa.**

—Sí, nos escapamos —dijo—. Es horrible hacer eso, pero cuando estoy cerca de Jenny me pongo muy nerviosa.

—Tengo **MIEDO** de Jenny desde el kindergarten —dijo Becca—. Casi pisotea a Ronnie Carver. Y lo hizo llorar.

Yo recordaba ese episodio.

—Ronnie se lo merecía —dije.

—Ya lo sé —dijo Becca, suspirando—. Él se la pasaba diciéndole **Jenny la giganta** cien veces al día.

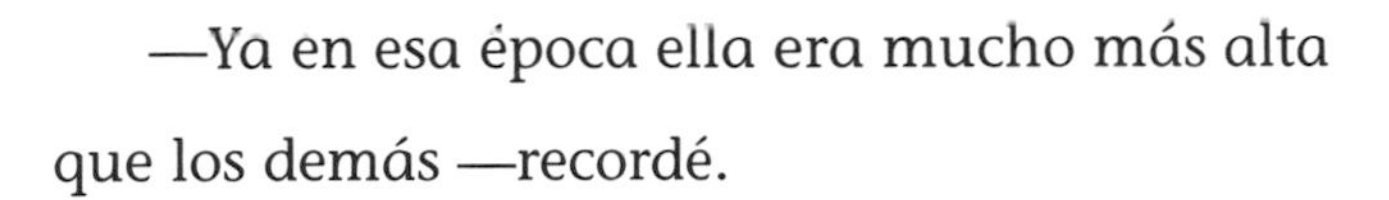

—Ya en esa época ella era mucho más alta que los demás —recordé.

—Y también era mucho **más mala** que los demás —agregó Becca—. Sin embargo, funcionó. Ronnie dejó de inventarle nombres.

—Él no era muy simpático —dije—. Nadie lo echó de menos cuando se fue.

—En segundo grado, una vez traté de ser simpática con Jenny —dijo Mónica—. **Fue un gran error.**

—¿Qué pasó? —preguntó Becca.

—Jenny no podía abrir su cartón de leche —explicó Mónica—. Cuando le ofrecí ayuda, se enojó mucho.

A Becca se le abrieron los ojos.

—**¿Te pisoteó?** —preguntó.

Mónica negó con la cabeza.

—'No', me dijo, 'no soy una inútil'. Y aplastó mi pastel de chocolate con el puño.

Becca hizo una mueca.

Mónica se estremeció.

—Creí que me iba a dar un puñetazo. **Nunca tuve tanto miedo** —confesó Mónica.

—¿Tuviste más miedo que en la Casa Embrujada de Halloween que preparaban en el Centro Comunitario cuando éramos niñas? —pregunté.

—Sí —dijo Mónica—. Aunque era una niña, sabía que la casa embrujada era falsa. Pero **Jenny Pinski es de verdad.**

CAPÍTULO 6

PRESIÓN DE GRUPO

Esa noche, cuando terminé el resumen del proyecto, llamé a Jenny. Primero le leí el título.

—**"¿Es posible que las piedras tengan vida?".**

—¿A quién le interesa eso? —exclamó Jenny.

—¿Eh? A nosotras, ¿no? Quiero decir, por eso estamos haciendo este proyecto, ¿no?

—Sí, pero ese título es tan **aburrido** que no le importará a nadie más —dijo Jenny.

En eso tenía razón.

—Muy bien. Tienes razón. Es aburrido. ¿Cuál debe ser entonces?

—Necesitamos algo con IMPACTO —contestó Jenny—. Algo que capte la atención de la gente. Algo como **Mundo raro: Un planeta donde las piedras mandan.**

—¡Perfecto! —le dije. Taché mi título y escribí el nuevo.

—Mejor que al Sr. Monroe le guste, de lo contrario **me voy a enojar** —dijo.

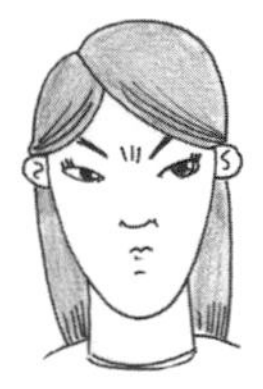

Estaba casi segura de que Jenny no se metería en problemas con ningún maestro. Pero no estaba absolutamente segura, y no quise preguntar nada. Así que le leí el resto del resumen.

Por suerte, **¡a Jenny le encantó!** Por un día más, yo estaba a salvo de que me pisotearan.

* * *

Al día siguiente, el Sr. Monroe recogió los resúmenes. Luego pidió que cada uno diera un reporte oral frente a la clase. Jenny fue la primera en levantar la mano.

—Claudia y yo **estamos inventando un planeta** donde hay piedras vivas —dijo.

—Suena interesante —dijo el Sr. Monroe—. ¿Quién es el próximo?

El proyecto de Adam y Tommy se llamaba **El mejor rebote**. Iban a probar cómo rebotan las pelotas en diferentes superficies.

—Vamos a usar pelotas de diferentes tamaños —explicó Adam.

—Tengan cuidado de **no romper nada** —les dijo el Sr. Monroe.

Peter y Sylvia planeaban estudiar cómo reaccionan las personas, los animales y las plantas con la música y el ruido.

—¿Y tú, Anna? —le preguntó el Sr. Monroe.

—Carly y yo queremos averiguar cómo se comportan las plantas bajo diferentes condiciones —dijo Anna.

—Se parece a nuestro proyecto —exclamó Mónica.

—Nosotras lo dijimos primero, así que tenemos el **derecho** —la enfrentó Anna.

—Nadie tiene derechos —intervino el Sr. Monroe—. No quiero que dos equipos hagan el mismo proyecto. Cada equipo tendrá que pensar en otra idea para mañana.

Antes del almuerzo, Anna y Carly enfrentaron a Becca y a Mónica en el pasillo.

Jenny se me acercó por atrás nuevamente. Esta vez no me sobresalté. Ni siquiera cuando me susurró al oído.

—**¿Qué pasa?** —me dijo.

—No estoy segura —le respondí, también con un susurro.

—Mónica, tenemos que hablar —dijo Anna.

—¿Hablar de qué? —preguntó Mónica.

Anna sonrió.

¡Alerta! Anna nada más sonríe cuando quiere algo. ¡Cuidado!

—¿Tienes otra idea para el proyecto? —preguntó Anna.

—Es posible —dijo Mónica—, pero no te la diré.

Yo podía asegurar que Mónica **no confiaba en Anna.**

—No me importa lo que sea —dijo Anna.

—Muy bien —le dijo Becca—, porque no es asunto tuyo.

Ella tampoco confiaba en Anna.

—Como tú ya tienes otra idea,
yo voy a seguir con el proyecto de las plantas —dijo Anna.

—El Sr. Monroe dijo que **AMBOS EQUIPOS** pensáramos en otra cosa —dijo Mónica.

—Sí, pero lo que él quiere es que no haya dos equipos con el mismo proyecto. Y si Carly y yo hacemos el proyecto de las plantas, no estaremos haciendo lo mismo.
Ustedes estarían haciendo el nuevo proyecto que decidan. Sería totalmente justo. El Sr. Monroe no desea que ustedes hagan el proyecto de las plantas porque el nuestro sería mejor y ustedes se sentirían mal.

—Y algo más, Mónica —agregó Carly—. Sería **antipático e injusto** no dejarnos hacer el proyecto de las plantas.

Mónica frunció el ceño.

—Nosotras no somos **ANTIPÁTICAS** —dijo.

—Ni **injustas** —agregó Becca.

Anna se encogió de hombros.

—Todos pensarán que lo son cuando les cuente que no nos dejaron hacer un proyecto que ustedes no pensaban hacer. Y también les voy a decir que **hicieron trampas**. Les diré que me robaron la idea.

—Nosotras no hicimos trampas —dijo Becca.

—Y tú ni siquiera sabes cuál es nuestra idea —dijo Mónica.

—Nadie les creerá —dijo Anna—. Estén seguras de ello.

—Muy bien, Anna —dijo Becca—. Puedes hacer el proyecto de las plantas.

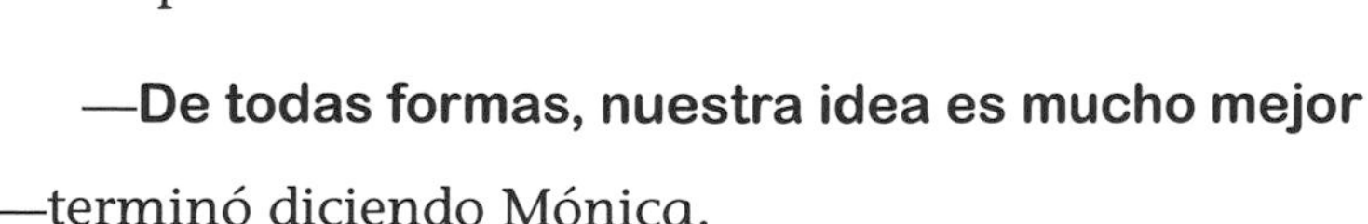

—De todas formas, nuestra idea es mucho mejor —terminó diciendo Mónica.

—No me importa —dijo Anna, y entró a la cafetería seguida por Carly.

—Vamos, Becca —dijo Mónica—. Tenemos que hablar del nuevo proyecto.

Yo estaba segura de que Becca y Mónica estaban **avergonzadas**. Anna las había chantajeado para quedarse con el proyecto de las plantas.

—Les deberían haber dicho que se fueran al diablo —dijo Jenny.

Yo sabía que no era tan sencillo. A Jenny no le importaba que los demás pensaran que ella era antipática, pero a Becca y a Mónica sí.

Y Anna no estaba **fingiendo**. Era la chica más popular de séptimo grado. Si hacía correr el rumor, todo el mundo lo iba a creer. **Aunque no fuera verdad.**

CAPÍTULO 7

LA MEJOR REVANCHA

El lunes por la tarde Jenny vino a casa. Íbamos a comenzar nuestro proyecto Mundo raro.

Cada proyecto tiene tres pasos.

1. **Decidir lo que hay que hacer.**
2. **Decidir quién hace cada cosa.**
3. **Hacerlo.**

Jenny ya había decidido lo que había que hacer.

—Quiero hacer un modelo del planeta —dijo—. Ya lo tengo todo planeado.

—Muy bien —dije.

—También necesitamos una tabla —agregó.

—Definitivamente —aprobé—. Al Sr. Monroe le gustan las tablas.

Hasta ese momento, nuestra reunión iba **mucho mejor** de lo que esperaba. Pero no por mucho tiempo.

—Pero los dioramas le gustarán mucho más —dijo Jenny.

—¡Me ENCANTA hacer dioramas! —exclamé.

Pero Jenny también había decidido quién iba a hacer cada cosa.

—Yo haré el modelo, la tabla y los dioramas —dijo—. Tú puedes escribir el reporte.

Hice una pausa. Jenny había elegido el proyecto. Ahora quería hacerse cargo de todo. **¡Los pasos 1, 2 y 3!** Yo sabía que discutir con ella no era inteligente, pero éramos un equipo.

—Está bien, yo escribiré el reporte —acordé—. Pero también quiero trabajar en los dioramas.

Jenny no se enojó, pero tampoco cedió.

—No —dijo, sacudiendo la cabeza.

—¿Por qué? —pregunté—. **Los hago muy bien.**

—Quizás, pero tienes un estilo diferente —me dijo—. Los dioramas deben armar un conjunto uniforme.

Lo que dijo tenía sentido, pero **yo no estaba contenta.**

—De verdad quiero trabajar en los dioramas —insistí—. Es la parte más divertida.

—Puedes imprimir las tarjetas y los rótulos —sugirió Jenny—. Y todas quedarán uniformes.

—Está bien. Pero no será tan divertido —me quejé.

Jenny frunció el ceño.

Mi corazón daba saltos. ¡Oh, oh!

Y entonces pasó algo **EXTRAÑO**.

—Tienes razón —admitió—. Imprimir es aburrido. ¿Quieres ayudarme a hacer caramelos?

Quedé pasmada.

1. Jenny no estaba enojada.

2. Había entendido mi punto de vista.

3. ¡Ella quería hacerme sentir mejor!

—¡Por supuesto! —le dije—. ¿Para qué vamos a hacer caramelos?

—Los caramelos no son más que un bulto de cristales de azúcar —explicó—. Muestran cómo puede crecer la materia inorgánica.

—¡Guau! —exclamé impresionada—. Entonces sí es posible que haya **criaturas de piedra** en otro planeta.

—Es posible —dijo.

En ese momento entró **Nick**. Se paró frente a Jenny y se quedó mirándola fijo.

Punto importante: A Nick solo le interesa salirse con la suya.

Jenny también se quedó mirándolo.

Punto importante: Ella no permite que nadie la derrote.

La matona y el maleducado

Jenny amenaza con dar un pisotón.

Hasta ahora nadie ha sido pisoteado.

Que nosotros sepamos.

Nick no amenaza.

Él pega y patea.

Tengo cicatrices que lo prueban.

Observé cómo se miraban. Era como esperar a que explote un petardo.

Eso podía terminar de una sola forma. ¡Con una EXPLOSIÓN!

—Me gustan los caramelos —dijo Nick.

—Piérdete —dijo Jenny.

Nick parpadeó. Se dio vuelta y huyó.

Otra cosa buena de estar con Jenny: Nick huye de ella.

—Ya volverá —le dije.

—Pero no hoy —dijo Jenny, con una sonrisa de oreja a oreja.

—No estés tan segura —insistí.

Sonó el timbre y fui a abrir la puerta. Becca y Mónica entraron a todo correr.

—Tenemos un GRAN problema —dijo Mónica.

—¿Qué tan grande? —preguntó Jenny.

Becca y Mónica se quedaron paralizadas cuando vieron a Jenny Pinski en la sala de mi casa.

—No sabíamos que estabas ocupada —dijo Becca.

—Ya habíamos terminado —dijo Jenny.

—¿Qué problema tienen, Mónica? —pregunté.

Mónica no respondió. **Parecía muy nerviosa.** No dejaba de mirarnos a Jenny y a mí.

Nick apareció marchando con **una cacerola en la cabeza**. Venía golpeando una tapa con un cucharón.

Le quité el cucharón para acabar con el ruido.

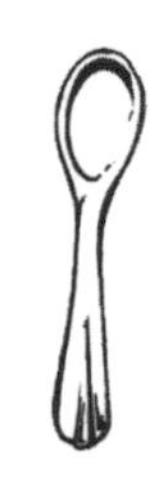

—¡Eso me hace falta! —gritó Nick, echándome una mirada furiosa.

—¿Para qué? —le pregunté.

—**Para un duelo.** ¡Con ella! —chilló señalando a Jenny.

—De ninguna manera, niño —dijo Jenny—. Eres muy **DURO** para mí.

—Muy bien —dijo Nick. Se sentó en el sillón de mi papá. Se quitó la cacerola de la cabeza, y apoyó el cucharón y la tapa en las rodillas.

Mónica y Becca intercambiaron miradas. Luego se sentaron.

—Entonces, **¿cuál es el problema?** —volví a preguntar.

—No tenemos una nueva idea para el proyecto —dijo Becca.

—Pero si le dijeron a Anna y a Carly que sí lo tenían —dije.

Mónica dio un suspiro.

—Lo hice para engañarla —admitió.

—¿Por qué? —pregunté—. Ahora ustedes tienen que pensar en un nuevo proyecto y escribir un nuevo resumen. **Y Anna y Carly no tienen que hacer nada.** Ya tienen listo el resumen de su proyecto con plantas.

—No deberían dejarse mangonear por Anna —dijo Jenny.

—Anna dijo que le diría a todo el mundo que somos antipáticas y egoístas, y que **hicimos trampa** para robarle la idea —dijo Becca.

—¿Y qué? —dijo Jenny. Ella sacudió la cabeza—. **No importa lo que piensen los demás.**

—Sí que importa —dijo Nick—. Caroline O'Brien me llamó "cerebro de arveja" y no lo soy.

—Haz como si no te importara —le aconsejó Jenny—. Así dejará de hacerlo.

—¿Crees que lo hará? —preguntó Nick.

—Estoy segura —dijo Jenny—. Y si no lo hace, todo lo que tienes que hacer es AMENAZAR...

—¡Con irte! —grité. No quería que Jenny le dijera a Nick que amenazara a otros niños con pisotearlos.

A ella las amenazas le habían funcionado. Nadie se metía con ella. **Pero no tenía ningún amigo.**

—Bueno, me tengo que ir —dijo Jenny—. Mi papá me va a llevar a jugar a los bolos. Me encanta derribar bolos.

Se dio un puñetazo en la palma de la mano.

—Hasta mañana, Jenny —dijo Becca, y le sonrió.

—Hasta la hora del almuerzo —agregó Mónica—. Es decir, **si quieres sentarte con nosotras**.

Jenny pareció sorprendida. Yo sabía que Mónica había dejado de sentarse con ella en segundo grado, después de que le había aplastado el **pastel de chocolate**.

Casi todos los días, Jenny se sentaba a almorzar sola. Parecía no importarle, pero sé que, si yo comiera sin compañía todos los días, **me sentiría sola**. Después de todo, ¡el almuerzo era la mejor hora del día en la secundaria!

Me puse a pensarlo. No me molestaba que Jenny compartiera el almuerzo con nosotras.

—¿No quieren la revancha contra Anna y Carly? —preguntó Jenny.

—Quizás —dijo Mónica.

—Yo sé cuál sería la mejor revancha —dijo Becca—. Lograr una A en el proyecto.

—Pero no tenemos ninguna idea fantástica —dijo Mónica.

—**Ilusiones ópticas** —sugirió Jenny—. Pueden encontrar mucha información en internet.

Becca y Mónica se miraron. Parecían sorprendidas.

—Me parece una idea genial —dijo Becca.

—**Claro** —dijo Jenny. Y se fue.

EL DESQUITE

Al día siguiente, Becca y Mónica fueron las primeras en entregar su reporte.

—Nuestro nuevo proyecto de ciencias será **una fiesta para los ojos** —explicó Mónica.

—¡Quedarán totalmente maravillados! —exclamó Becca.

—Quedaré **alucinado** si mis ojos empiezan a bailar en esa fiesta —bromeó Tommy.

Mónica esperó a que la clase dejara de reírse. Luego prosiguió.

—Primero, vamos a mostrar algunas ilusiones ópticas **increíbles**.

—Luego resolveremos el misterio —agregó Becca.

—¿Qué misterio? —preguntó Adam.

Tommy empezó a canturrear **música de película de terror.**

Becca bajó el tono de voz notablemente y preguntó, susurrando:

—¿Por qué ciertos patrones engañan a los ojos?

—¿Por qué? —preguntó Brad Turino.

Peter empezó a levantar la mano, pero se detuvo. Él era el cerebro de la clase y se sabía la respuesta, pero no quiso ARRUINAR la diversión de Mónica y Becca.

Mónica sonrió y dijo:

—Se enterarán el próximo lunes.

—¡Chicas, tuvieron una idea **excelente**! —dijo el Sr. Monroe—. Tienen mi autorización para hacer el proyecto.

Les di mi aprobación a mis amigas, **levantando los dos pulgares.**

Becca me dio el signo de O.K.

Jenny **chocó los cinco** con Mónica.

—Anna, ¿qué tienes para mostrar? —le preguntó el Sr. Monroe. Anna se puso de pie.

—Carly y yo vamos a estudiar cómo reaccionan las plantas bajo ciertas condiciones.

El Sr. Monroe frunció el ceño.

—Pero ese es el mismo proyecto que tenían ayer.

—Sí, pero ahora somos el ÚNICO equipo que lo va a hacer —explicó Anna—. Mónica y Becca ya tienen otro proyecto.

—Dije que ambos equipos debían venir con un nuevo proyecto —dijo el maestro—. Mónica y Becca hicieron trabajo extra. Lo siento, Anna, pero no sería justo si te dejara hacer el proyecto de las plantas.

NOTA #1: Anna cree que siempre tiene la razón. También cree que todo el mundo le va a dar lo que ella quiere. Casi siempre lo logra.

NOTA #2: El Sr. Monroe es una de las personas que no siguen las reglas de Anna.

—Mónica y Becca estuvieron de acuerdo —planteó Anna.

—Pero yo no estoy de acuerdo —dijo el Sr. Monroe.

Anna entornó los ojos.

—Pero... —intentó continuar.

El Sr. Monroe la interrumpió.

—Por favor, trae un nuevo proyecto y resumen para mañana —le dijo.

Después de la clase, Becca, Mónica y yo nos reunimos en el pasillo.

—¡Eso estuvo GENIAL! —dijo Mónica. Sonaba encantada—. No podía creerlo. ¿Vieron la cara de Anna?

—Quedó **estupefacta** —dije—. Anna no podía creer que el Sr. Monroe le dijera que no. ¡Fue increíble! Me encanta cuando Anna recibe lo que se merece.

—Y a mí me encanta que haya dejado de mangonearnos —dijo Becca.

En eso se nos acercó Jenny.

—Debería haber **PISOTEADO** a Anna en primer grado, cuando pensé en hacerlo —dijo, alzando los ojos al cielo.

—¿Qué te hizo Anna? —preguntó Becca.

Jenny dudó un momento. Luego se encogió de hombros y nos contó.

—Alguien me había dado galletas, y Anna me hizo pasar vergüenza.

—¿Cómo? —pregunté.

—Me dijo: "**¡Comes demasiadas galletas!** A lo mejor por eso es que eres tan alta. Comes demasiado y creces demasiado" —nos contó Jenny. Y frunció el ceño.
Era el mismo gesto que hacía Nick cuando se enojaba.

Eso había pasado siete años atrás y **Jenny todavía estaba enojada con Anna.**

—**Detesto que me hagan pasar vergüenza** —dijo Jenny.

Mónica, Becca y yo asentimos con la cabeza. Sabíamos exactamente cómo se había sentido Jenny. Anna les había hecho pasar vergüenza a **TODOS** los chicos de la escuela.

Jenny se fue y mis amigas y yo nos fuimos a la clase del cuarto periodo, la de historia.

—Ahora sabemos por qué Jenny actúa tan dura —dije.

—Y por qué se enojó conmigo en segundo grado —agregó Mónica.

—¿Cuándo le abriste el cartón de leche? —preguntó Becca. Mónica asintió.

—Solo intentaba ayudarla, pero Jenny se sintió insultada —dijo Mónica.

—Ronnie Carver le decía cosas a Jenny, y Anna era desagradable con ella. ¡Con razón quería pisotearlos!

Decirle cosas a la gente, burlarse y hacer comentarios desagradables también es una forma de ser un matón. Jenny había decidido no tolerar eso desde que tenía cinco años.

Y se defendió.

Por eso es que Jenny Pinski era la matona de la clase. No porque hubiera **nacido mala**, sino porque la habían molestado hasta que ella tuvo que ponerles freno.

Por supuesto, Jenny Pinski seguía siendo mala s i alguien la hacía enojar. Por eso yo tenía que seguir teniendo cuidado.

No había hecho nada para hacer enojar a Jenny.

Todavía.

CAPÍTULO 9

JENNY SABE MÁS QUE NADIE

Miércoles: Propiedades planetarias

La fecha de entrega de los proyectos de ciencia era el lunes. **No teníamos mucho tiempo.**

Jenny y yo volvimos a almorzar juntas. Comparamos las notas de la investigación.

—Busqué información en internet —dijo.

—Yo también —dije—. Y también fui a la biblioteca.

—Lee esto —me dio sus notas—. Mi planeta de piedras vivas es **PERFECTO**.

Tomé las hojas de Jenny. Y yo les di las mías.

—¿Qué es esto? —preguntó.

—Mi bosquejo —dije—. Léelo. **En caso de que se te haya pasado algo por alto.**

Jenny se encogió de hombros y empezó a leer.

Cuando terminó dijo:

—¡Tu bosquejo coincide con mis notas!

Otra cosa buena de Jenny: Jenny Pinski es inteligente.

—¡Muy bien! —exclamé—. Esto es un proyecto de ciencias. Nuestros datos deben coincidir. Ambas imaginamos el planeta perfecto para la gente de piedra.

Propiedades de Mundo raro:

Un planeta donde las piedras mandan

1. Muy cerca del sol
2. 900 grados Fahrenheit (como Venus)
3. Océanos de hierro líquido
4. Atmósfera de azufre gaseoso y oxígeno
5. Formas de vida de cristales

    A. Cuarzo (muchos colores)

    B. Cobre (verde)

    C. Vidrio o fibra de vidrio (arena, varios colores)

6. Oxidación del hierro (alimento para las piedras) = energía

Jenny me devolvió mi bosquejo.

—Estoy contenta de que hayamos coincidido —dijo—. Ya empecé a hacer el modelo.

Jueves: Conflicto cristalino

A la salida de la escuela, pasé por casa de Jenny antes de ir a la mía. Ella quería que yo viera lo que había hecho.

—Hasta ahora solo he hecho un diorama —me dijo. Me mostró una caja de zapatos que contenía una escena de un planeta de piedras—. Es un **bosque de cristales** con animales de piedra. ¿Qué te parece?

Se me cortó el aliento. Luego tosí para disimular.

Los animalitos de piedra que había hecho eran simpáticos. Tenían cabeza, ojos de diamantes falsos y patas regordetas. Pero los árboles de cristal eran unos recortes de papel sin gracia. **Se veían horribles.**

—¿Eso qué es? —Señalé unas líneas amarillas que había pintado en las piedras.

—Vías de cristal —dijo Jenny—. Están dentro de las criaturas de piedra, como si fueran venas. **Las piedras vivas usan electricidad en vez de sangre.**

Yo había investigado mucho, y sabía que los cristales eran conductores de electricidad, por eso la idea de Jenny tenía sentido. De hecho, ese dato podría ayudarnos a lograr una A. **Pero yo no estaba disgustada por eso.**

Detestaba los árboles de papel que había hecho Jenny. Se veían horribles.

Tenía que decirle algo.

—Deberíamos hacer algunos cristales simples —dije—. Con sal de fruta y bórax podríamos hacer árboles y plantas geniales.

—Ya tengo árboles —dijo Jenny frunciendo el ceño.

¡UY! A Jenny no le gustaba ser criticada.

Entonces le dije que el diorama estaba magnífico.

Viernes: Reporte rechazado

El viernes, Jenny vino a mi casa. Mi reporte estaba casi listo. Me senté en el sofá mientras ella leía el primer borrador.

Jenny no sonreía ni movía la cabeza, ni hacía gestos. **No podia imaginarme qué estaría pensando.** Yo golpeteaba con el pie y me mordisqueaba los nudillos hasta que terminó.

—¿Qué te parece? —le pregunté.

Jenny se paró y dejó caer mi cuaderno en la mesita de centro. Entonces dijo:

—Es **ABURRIDO**.

Sábado: Palabras raras

El sábado por la mañana, Jenny llamó a casa. Me dijo que el modelo del planeta estaba listo y que quería mostrármelo.

Le dije que iría, pero cuando colgué me pregunté: *¿Para qué molestarte, Claudia?*

Si el modelo no me gustaba, **Jenny se iba a enojar.** Estaba segura de que no me pisotearía. Pero sí estaba segura de que no iba a cambiar el modelo. Ni siquiera si yo tenía una idea mejor.

De todas formas, fui a verlo...

...¡y terminé **saltando de la alegría!** El modelo de Mundo Raro estaba fantástico.

—¡Es maravilloso! —exclamé.

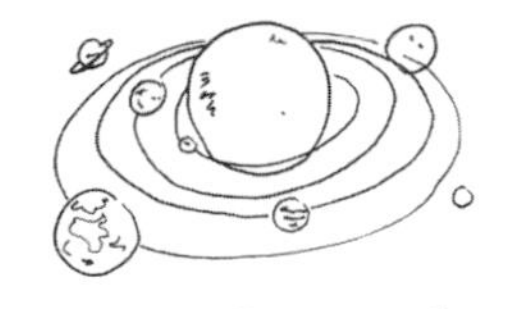

—**Lo sé** —dijo Jenny.

El planeta gris tenía océanos rojos y mechones de nubes de algodón amarillo. Había tres continentes con cordoncitos que representaban montañas.

—Los océanos son rojos porque el hierro se oxida —me explicó.

Yo ya lo sabía. Estaba en mi reporte. Nuestro planeta tenía una atmósfera de azufre y oxígeno.

El oxígeno descompone el hierro (oxidación) = óxido = océanos rojos

—El azufre es amarillo —siguió explicando—, por eso las nubes son amarillas.

—Toda esa información debería estar en la tabla —dije.

—Voy a hacer la tabla después —dijo ella—. Tú tienes que volver a escribir el reporte.

—Ya lo reescribí anoche —le dije—. Estuve mucho tiempo trabajando en eso. Estoy segura de que ahora **es mucho más interesante.**

—Pero no usaste mis notas —dijo, pasándome algunos papeles—. Mis ideas harán que tu reporte quede **súper interesante.**

Yo fui demasiado gallina para discutirle. Mientras volvía a casa leí sus notas. Cuando llegué a la entrada de mi casa, me sentí muy mal.

Jenny quería usar su idea sobre exploradoras espaciales recorriendo un planeta extraño. Excepto que ahora nuestro cohete iba a ser aplastado por un **monstruo de piedra.**

Jenny quería que nuestro reporte fuera una aventura de ciencia ficción.

Yo sabía que el Sr. Monroe esperaba un reporte científico. Si le dábamos un cuento, no lograríamos una buena nota.

Tenía dos alternativas. Ambas eran malas.

Podía conformarme con sacar una B, o incluso una C; o podía enfrentarme a Jenny y escribir el reporte a mi manera.

CAPÍTULO 10

Una manera mejor

No reescribí mi reporte. En cambio, me pasé todo el día haciendo cristales simples.

Los cristales necesitan tiempo para formarse. Y yo necesitaba consejos. Era un **asunto de chicos**, así que no podía preguntarles a mis padres. Le pregunté a mi hermano mayor.

Jimmy estaba en su habitación. Sabía que estaba jugando en la computadora porque podía oír las explosiones desde el otro lado de la puerta.

Cómo molestar a tu hermano mayor

1. No llames antes de entrar. Él cerrará la puerta con llave y te dirá que te largues.
2. Entra sin llamar. Él no te podrá echarte a patadas. Tu mamá se enojará.
3. Si él no te habla, quédate esperando.
4. Si continúa ignorándote, juega con sus cosas.

Entré sin llamar.

—Tengo que preguntarte algo —le dije.

—Estoy ocupado —dijo Jimmy.

—Es muy **IMPORTANTE** —insistí.

—No me importa —dijo. Sus dedos volaban en el teclado. No dejaba de ver la pantalla.

En su cama había un libro de cómics. Lo tomé.

—¿Es el último **"Micro-Pillos"**? —le pregunté inocentemente.

Jimmy puso el juego en pausa y se dio vuelta para mirarme.

—¿Qué quieres?

Con cuidado, volví a poner el libro en la cama. Jimmy se enojaría si alguno de los bordes se doblara.

—¿Alguna vez te molestó un **matón**? —le pregunté. Jimmy asintió con la cabeza.

—**Un niño grandote** me atormentaba cuando tenía nueve años —dijo.

—¿Qué hizo?

Yo quería oír detalles. Pensaba que a lo mejor los detalles de la historia de Jimmy me ayudarían a **resolver mi problema**.

—Me dijo que si no hacía lo que él quería, me pegaría —explicó Jimmy—. Le tuve que dar mi dinero para el almuerzo durante un mes.

—¿Y qué pasó al mes? —pregunté.

—Fui a decirle a papá. Él me preguntó: "¿Qué es lo peor que puede pasar?". Y yo le dije: "John Jones **me dará un puñetazo**".

Solté una risa nerviosa. Jimmy continuó.

—Entonces papá dijo: "Tienes que enfrentarte. Que te peguen no es **tan malo** como crees".

—¿**Nuestro padre** dijo eso? —pregunté casi sin aliento.

—Sí —afirmó—. Al día siguiente le dije a John Jones que no le iba a dar más dinero. Y me pegó en la quijada.

Hice un gesto de dolor.

—¿Te DOLIÓ?

—No tanto como esperaba —dijo Jimmy, con una sonrisa amplia—. Después de eso, John Jones dejó de molestarme.

Cuando salí de la habitación de Jimmy, no me sentía mejor que antes. Pero sabía lo que tenía que hacer.

Llamé a Jenny y le dije que viniera a casa.

—¿Ya terminaste el nuevo reporte? —me preguntó apenas entró.

No podía posponer mi **sentencia de muerte**. Tenía que hacer lo que creía correcto aunque Jenny se enojara. Si Jimmy había recibido un puñetazo en la quijada, yo bien podía resistir un pequeño PISOTÓN.

Respiré profundo y le dije:

—No escribí un nuevo reporte.

—¿Por qué? —preguntó, frunciendo el ceño—. ¿No te gustaron mis notas?

—El Sr. Monroe quiere un reporte que muestre los datos del proyecto —le dije—. Tu historia es genial para hacer una película, pero no creo que sirva para que el maestro nos dé una A.

Jenny frunció el ceño.

Esta vez yo tenía tres alternativas:

Las tres eran malas.

1. Defenderme.

2. Aguantar el golpe.

3. Salir huyendo.

Tomé fuerzas. Esperé a ver cómo reaccionaba Jenny.

Jenny exhaló.

—Tienes razón, Claudia. Al Sr. Monroe no le gustaría una historia **INTERESANTE** y llena de acción —dijo.

¡Quedé asombrada! Me había enfrentado a Jenny Pinski, **¡y seguía en pie!**

Jenny ni siquiera se había molestado. Aunque se veía bastante **desilusionada**.

—Y es una pena —continuó Jenny entre suspiros—. Realmente quería que nuestro proyecto fuera súper especial.

—¡Y lo será! —exclamé—. Usaremos las ideas de tu historia para las tarjetas que expliquen los dioramas. Al Sr. Monroe no le importará que el modelo represente una **aventura interesante**.

Jenny sonrió y dijo:

—¡Me parece genial, Claudia!

—Tengo más ideas —le dije—, en caso de que las quieras escuchar —Jenny frunció el ceño de nuevo.

—Dime —dijo despacio.

—Tengo algunas cosas de cristal de mi mamá —seguí explicándole. Jenny parecía confundida—. Cuando las golpeas, hacen **sonido de campanas**. Como el idioma de la gente de piedra.

—¡GENIAL! —exclamó—. La gente de piedra tiene que comunicarse. Es brillante.

—Por eso hice algunos cristales simples para mostrarte —agregué—. Ven —la llevé a la cocina.

La sal de fruta ya había formado cristales puntiagudos. Parecían delicados arbustos extraterrestres. Los cristales de bórax se habían formado en unos limpiapipas y tenían forma de árbol.

—Son **maravillosos** —dijo Jenny—. Debería haberte escuchado antes.

—Más vale tarde que nunca —bromeé—. **Es fácil** hacer estos cristales. Vamos a tener un montón para los dioramas. ¡Y podremos usarlos como ejemplo de material inorgánico que crece!

—Con tres tipos de cristales definitivamente lograremos una A —dijo Jenny.

—¿Sabes qué es mejor que un cerebro? —le pregunté—.

¡Dos compañeras de proyecto!

Y chocamos los cinco.

P.D.

Después del proyecto, Jenny no quiso pasar tiempo conmigo. A ella le gustaba jugar a los bolos, practicar karate **y correr carreras de bicicross**. Comparado con todo eso, Becca, Mónica y yo éramos ABURRIDAS.

Anna y Carly estudiaron la forma en que las condiciones climáticas afectan al cabello. Hicieron que sus amigas sirvieran de modelo para mostrar cabellos sin vida, rizado y blanqueado por el sol. Las otras chicas no quedaron muy felices, pero la presentación fue **graciosa**.

El Misterio de las Ilusiones Ópticas presentado por Becca y Mónica fue un **gran éxito**. Explicaron que el ojo y la mente evolucionan para reconocer cosas que nos permiten sobrevivir y relacionarnos con el mundo. Al observar un patrón que no existe en la naturaleza, descubrimos que hay cosas que no andan bien.

Para Nick, Caroline siguió siendo un problema. Dejó de llamarlo cerebro de arveja, ¡y **le daba besos**! A Caroline le gustaba Nick, y para un niño de siete años eso es mil veces peor que si lo empujan a un charco.

Ah, y **Jenny y yo** recibimos una A por nuestro proyecto. Al Sr. Monroe le pareció genial nuestro reporte científico, y a todo el mundo le encantó el diorama donde el monstruo de piedra aplastaba el cohete.

Me di cuenta de que, a veces, **Jenny** fruncía el ceño y ponía un gesto malo porque estaba pensando. También fruncía el ceño y ponía un gesto malo cuando estaba enojada.
Así que seguí teniendo cuidado con lo que le decía y hacía con ella. **¡Más vale estar segura que pisoteada!**

Sobre la autora

Diana G. Gallagher vive en Florida con su esposo, cinco perros, cuatro gatos y un loro malgenioso. Sus pasatiempos son la jardinería, las ventas de garaje y sus nietos. Fue instructora de equitación inglesa, música folk profesional y pintora. Sin embargo, desde los seis años aspiraba a ser escritora profesional. Ha escrito numerosos libros para niños y jóvenes.

Sobre el ilustrador

Brann Garvey vive en Minneapolis, Minnesota, con su esposa Keegan, su perra Lola, y su gato Iggy, que es bien gordo. Brann se graduó en Iowa State University con una licenciatura en bellas artes. Luego estudió ilustración en Minneapolis College of Art & Design. Le gusta pasar su tiempo libre con amigos y parientes. Adondequiera que vaya,, siempre lleva consigo su cuaderno de bocetos.

Glosario

anunciar avisar públicamente

autorizar aceptar oficialmente una idea

artilugio aparato o máquina extraña

detector máquina que revela la presencia de algo

diorama modelo tridimensional que representa una escena

excepción algo que no está incluido en una regla o enunciado general

inorgánico que no viene de seres vivos

ilusión óptica algo que engaña al ojo y que hace ver algo que no existe

oral hablado

reinar mandar o dominar, como lo hace un rey o una reina

sarcástico si eres sarcástico, usas palabras indirectas o graciosas que se burlan de algo

silicona elemento químico que hay en la arena y en las piedras

resumen explicación breve que presenta las ideas principales de algo

amenazar atemorizar con poner en peligro a alguien

Preguntas para el debate

1. ¿Por qué Claudia no quería trabajar con Jenny? ¿Cómo crees que se sentirá ahora si la vuelven a poner otra vez de compañera con Jenny en otro proyecto? Explica tus respuestas.

2. Cuando Anna y Carly dicen que tienen la misma idea que Becca y Mónica para el proyecto, el maestro les dice que busquen nuevas ideas. ¿Crees que eso es justo? ¿Por qué?

3. ¿Por qué Jenny Pinski es una matona?

Instrucciones para escribir

1. ¿Alguna vez tuviste que enfrentarte a un matón? Escribe sobre esa experiencia.

2. Crea tu propio Mundo raro. Luego dibújalo o construye un diorama. ¿Qué tipo de animales y plantas viven en ese mundo?

3. En este libro, Claudia se da cuenta de que Jenny no es tan mala como pensaba. Escribe sobre alguna vez que hayas descubierto que alguien era diferente de lo que esperabas. ¿Qué pensabas antes de esa persona? ¿Qué ocurrió? ¿Qué piensas ahora de esa persona?

MÁS DIVERSIÓN
¡con Claudia!
¡Amigas para siempre?
LA COMPLICADA VIDA DE
Claudia
Cristina
Cortez
POR DIANA G.

Claudia Cristina Cortez

Como cualquier chica de trece años, Claudia Cristina Cortez tiene una vida complicada. Ya sea que esté estudiando para un concurso de preguntas, cuidando a su vecinito Nick, evitando encontrarse con la matona Jenny Pinski, planeando el baile de séptimo grado o intentando desesperadamente pasar un examen de natación en el campamento de verano, Claudia enfrenta su complicada vida con seguridad, astucia y un toque de genialidad.